TEO
en la granja

timun**mas**

Durante las vacaciones de verano, Teo ha ido a pasar unos días a la granja de sus tíos, en el campo. El primer día, cuando apenas empezaba a salir el sol, el canto del gallo lo ha despertado.
«¡Qué bien he dormido!», piensa Teo desperezándose.

Después de desayunar, Teo ayuda dando de comer a los pollitos. Mientras, su tía Julia recoge los huevos que han puesto las gallinas.

A Teo le daba un poco de miedo la vaca Filomena. ¡Es tan grandota!
Pero al final se ha atrevido a acercarse a ella e intenta ordeñarla.
«¡Esto no es tan fácil como parece!», piensa Teo.

—¡Qué divertido es dar el biberón a este cordero! —exclama contento Teo.
El pequeño chupa con entusiasmo el biberón mientras la mamá cerda
alimenta a sus hijos los cerditos.

A Teo, que tiene mucho calor, le encanta la idea de zambullirse en el agua.

—¡Teo, ten cuidado con las abejas, que te van a picar! —le dice su prima Susana—.
¡Ven, vamos a jugar!

Desde el remolque del tractor del tío Federico,
Teo contempla los campos cultivados.

Sara y Teo ayudan a recoger el trigo, mientras algunos campesinos, que han estado trabajando toda la mañana, se sientan a comer un bocadillo o duermen la siesta.

Peras, cerezas, manzanas..., todas recién recogidas de los árboles.
«¡Qué buena debe de estar esta fruta!», piensa Teo mientras alcanza una pera.

Teo y su tía Julia se dirigen al mercado del pueblo para vender la fruta que han recogido.

En el mercado, cada campesino ofrece sus productos. Teo está vendiendo un melón a una señora que le dice:
—¡Quiero un melón que esté bien maduro! ¡A ver si escoges el mejor!

De vuelta a casa, Sara y Teo han subido al palomar.
—¡Venga, palomita, demuéstrame cómo vuelas!

Por la noche, Teo y Sara se preparan para ir a dormir. Mientras Teo intenta matar dos mosquitos que andan revoloteando alrededor de la lámpara, recuerda, muy contento, todo lo que ha hecho durante el día y piensa que ojalá todos los siguientes que pasará en la granja sean tan divertidos como éste.

GUÍA DIDÁCTICA PARA PADRES Y EDUCADORES

Las aventuras de Teo llenan un espacio educativo considerable en el crecimiento de los niños. Desde muy pequeños, mientras siguen las explicaciones del adulto, les gusta observar las láminas, pues en ellas reconocen determinados objetos y situaciones que les son familiares y con las cuales se identifican. Cuando son mayores, leen los cuentos sin ayuda gracias a los textos breves y claros que acompañan cada ilustración. Pero tanto en uno como en otro caso, para que el libro cumpla su función de la manera más eficaz posible, es de gran importancia que los padres y educadores participen activamente. Para ello, deben acompañar al niño mientras mira cada página y estar atentos a las preguntas y comentarios que éste haga cuando se encuentre frente a situaciones nuevas que llamen su atención, o bien ante objetos que no conozca. Asimismo, los educadores ayudarán a centrar la atención del niño en lo que haya observado o en aquello que sea más interesante de cada lámina y, por tanto, sea conveniente resaltar.

Como estamos convencidos de la importancia de esta colaboración, y también queremos ser partícipes de la formación del niño, ofrecemos, a modo de orientación, una guía con los principales **centros de interés** —aunque no los únicos— que podemos encontrar en el libro y que están relacionados bajo el tema común de la granja. En función de la edad de los lectores, se centrará su atención en unos u otros aspectos. Si son muy pequeños, bastará con ir nombrando los objetos y personajes que vayan apareciendo; los mayores ya están capacitados para comprender situaciones globales, circunstancias diversas, y pueden seguir el hilo temporal de la historia. Sin embargo, en ambos casos, intentaremos en todo momento que relacionen lo que ven con lo que piensan, sienten y conocen. En algunos casos, los **centros de interés** tendrán como objetivo que el niño realice nuevos aprendizajes; en otros, que asiente aquellos que ya tiene, adquiera nuevos hábitos o, simplemente, observe e imagine. En cualquier caso, es el niño el que marca el nivel de profundización, y son los padres los que saben mejor que nadie cuál es el enfoque más adecuado.

No hay duda, pues, de que estos libros constituyen un útil instrumento didáctico, a la vez que estimulan la curiosidad infantil, desarrollan la capacidad de observación y fomentan la lectura y la expresión en todos sus niveles.

Ilustración 1.ª

Teo ha dormido en el campo y se despierta con el canto del gallo. El primer **centro de interés** de esta ilustración es el paisaje. Propondremos al niño que lo compare con el de la ciudad y le explicaremos por qué en el campo se puede ver ese maravilloso amanecer y en la ciudad, no. En la granja, se siguen horarios diferentes a los de la ciudad. ¿A qué es debido? Fijaremos la atención del niño en el tipo de casa que aparece en la imagen: el techo, las paredes, el material con el que está construida...

El segundo **centro de interés** lo constituye la tía de Teo. ¿Qué hace? ¿Para qué necesita el agua del pozo? ¿No hay agua corriente en la casa? ¿O es la bebida para los animales?

Ilustración 2.ª

Teo da de comer a las gallinas y a los pollitos. El primer **centro de interés** de la ilustración lo constituyen el corral y los animales que en ella aparecen: los gallos, las gallinas y los pollitos. Mostraremos al niño las diferencias existentes entre el gallo y la gallina: el color, la cresta, el sonido que emiten, el plumaje... ¿Qué comen estas aves? ¿Ha recogido muchos huevos la tía de Teo? ¿Por qué de unos huevos salen pollitos y de otros no?

El segundo **centro de interés** son los conejos. ¿Estos animales comen grano como las gallinas? ¿Para qué tienen conejos en la granja? ¿Por qué están encerrados en jaulas?

Ilustración 3.ª

Teo está ordeñando una vaca. El tema principal de la ilustración es explicar al niño el proceso que sigue la leche recién ordeñada hasta que llega a su casa: después de ordeñar la vaca, la leche es metida en unos bidones especiales —como los que se ven en la ilustración— y transportada a unas fábricas en las cuales la hervirán a alta temperatura para eliminar todos los posibles gérmenes que pudiesen existir. A partir de ese momento, se envasa o se transforma en diferentes productos como el yogur, el queso, la leche condensada... ¿Se debe beber la leche recién ordeñada de la vaca? Fijaremos la atención del niño en estos animales y hablaremos de sus particularidades. ¿Por qué no están atadas ni en jaulas?

Ilustración 4.ª

Teo da el biberón a un cordero, mientras Sara contempla cómo maman los cerditos. El primer **centro de interés** lo constituyen los corderos. ¿Qué está haciendo el señor del bigote con las tijeras en la mano? Explicaremos al niño el significado de la palabra esquilar. ¿Qué es y para qué sirve la lana de las ovejas? ¿No tienen frío sin la lana? También comentaremos con él la diferencia entre una oveja —hembra—, un carnero —macho— y un cordero —antes de cumplir el año—. ¿Qué sonidos emiten? ¿Serías capaz de imitarlos?

El segundo **centro de interés** son los cerdos y sus crías. ¿De qué se alimentan? ¿Son unos animales limpios? ¿Qué utilidad tienen para el hombre?

Ilustración 5.ª

Teo está a punto de zambullirse en el agua. Desde el punto de vista didáctico, el primer **centro de interés** de la ilustración son los diversos cultivos. Fijaremos la atención del niño en los cultivos que aparecen en la montaña que se ve al fondo de la ilustración y le explicaremos el motivo del cultivo en terrazas: el aprovechamiento del espacio.

El segundo **centro de interés** es el molino de viento. ¿Por qué se denomina así? ¿Para qué sirve? ¿Te parece que sus aspas se mueven en este momento? Explicaremos al niño que, en la actualidad, prácticamente han desaparecido debido a las nuevas técnicas existentes para moler el grano.